Tabel Alfabet
字母表

A ayam
雞

foto
照片

G garpu
叉子

H hidung
鼻子

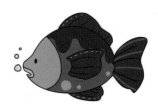

I ikan
魚

N nanas
鳳梨

O obat
藥

P pisang
香蕉

Q Quran
可蘭經

V vas
花瓶

W wortel
胡蘿蔔

X xilofon
鐵琴

Y yoyo
溜溜球

陪你快樂學
印尼語

曾秀珠 主編

林綺琴、丁安妮、勞貴琳、林達 著

五南圖書出版公司 印行

編輯要旨

一、本套《東南亞語文系列學習教材——陪你快樂學印尼語》係為推動個人學習東南亞語文之學習教材，以提升其多元語言能力，強化國際公民素養為要旨，也可以作為全國新住民語文學習教材的後續補充。

二、本書內容由日常生活中出發，分為「食」、「衣」、「住」、「行」、「育樂」五大主題，用飲食、水果、飲料、稱謂、服飾、顏色、建築物、居家空間及電器用品、交通工具、時間、數字、星期、禮貌用語和休閒育樂活動等學習內容。

三、本書敘寫格式方面，概分為對話、詞彙群、語文練習、文化園地、拼讀練習等五個部分，以生活實用為主，藉由生動活潑的內容，提昇其學習動機。

四、對話場景以東南亞國家為第一現場，期待由本書連結當地的生活，讓學習者在類真實的情境中學習。

五、課程編撰未盡理想之處，敬祈各界人士指正並提供改進意見。

目錄

印尼語音標表
編輯要旨

飲食篇
Makanan

🎧 Ibu 　　 ：Apakah Linda mau makan salak?
　媽媽　　：琳達，你想要吃蛇皮果嗎？

　Linda：Mau, Bu. Saya juga ingin makan rambutan.
　琳達　　：我要，媽媽。我也想吃紅毛丹。

Ibu : Pak, saya mau beli satu kilogram salak dan dua kilogram rambutan.

媽媽 : 先生，我要買一公斤蛇皮果和兩公斤紅毛丹。

Penjual : Iya, Bu, totalnya Rp 30.000.

老闆 : 好的，總共三萬印尼盾。

Ibu : Ini uangnya, Pak. Terima kasih.

媽媽 : 先生，這是費用（錢）。謝謝！

uang 錢　terima kasih 謝謝

makan 吃　minum 喝
beli 買　jual 賣

ibu / bunda
媽媽

rambutan
紅毛丹

salak
蛇皮果

manggis
山竹

jeruk
橘子

langsat
蓮心果

delima
石榴

durian
榴槤

三、補充詞彙 🎧

pisang
香蕉

mangga
芒果

sawo
人心果

semangka
西瓜

belimbing
楊桃

jambu air
蓮霧

jambu biji
芭樂

pepaya
木瓜

anggur
葡萄

nanas
鳳梨

manggis
山竹

teh manis
甜茶

kopi
咖啡

jus alpukat
酪梨汁

es cendol
珍多冰

nol	satu	dua	tiga	empat	lima
0	1	2	3	4	5
enam	tujuh	delapan	sembilan	sepuluh	
6	7	8	9	10	

ayah / bapak
爸爸

kakak laki-laki
哥哥

kakak perempuan
姐姐

adik laki-laki
弟弟

adik perempuan
妹妹

kakek
爺爺 / 外公

nenek
奶奶 / 外婆

bibi / tante
阿姨、姑姑、
舅媽、嬸嬸

paman / om
叔叔、舅舅、
姨父、伯父

mau	要
mau makan	要吃
mau makan salak	要吃蛇皮果
Linda mau makan salak.	琳達要吃蛇皮果。

juga	也
juga mau	也要
juga mau makan rambutan	也要吃紅毛丹
Saya juga mau makan rambutan.	我也要吃紅毛丹。

dan	和
salak dan rambutan	蛇皮果和紅毛丹
ayah dan ibu	爸爸和媽媽

Apakah Linda mau makan salak?	琳達要吃蛇皮果嗎？
Apakah Ayah mau makan salak?	爸爸要吃蛇皮果嗎？
Apakah Bibi mau makan salak?	阿姨要吃蛇皮果嗎？
Saya mau beli salak dan rambutan.	我要買蛇皮果和紅毛丹。
Nenek mau beli durian dan rambutan.	奶奶要買榴槤和紅毛丹。
Ibu mau beli durian dan manggis.	媽媽要買榴槤和山竹。
Kakak mau makan salak, juga mau makan rambutan.	哥哥要吃蛇皮果，也要吃紅毛丹。
Ibu mau makan pisang, juga mau makan nanas.	媽媽要吃香蕉，也要吃鳳梨。
Paman mau minum kopi, Ibu juga mau minum kopi.	舅舅要喝咖啡，媽媽也要喝咖啡。

六、語文活動：拼音練習

(一) 認識字母的大、小寫

大寫	小寫	字母詞彙	
A	a	makan	salak
B	b	beli	beri
C	c	es cendol	celana
D	d	dua	adik
E	e	semangka	terima kasih

(二) 拼音練習

拼音	sa	pa	na	ma
a	saya	pepaya	nanas	makan
	sa-ya	pe-pa-ya	na-nas	ma-kan
	s-a-y-a	p-e-p-a-y-a	n-a-n-a-s	m-a-k-a-n

(三) 寫寫看

大寫 Huruf Besar			小寫 Huruf Kecil		
A			a		
B			b		
C			c		
D			d		
E			e		

㈣ 練習發音拼拼看

	yah	ca	kak	ya	ma
a	ayah				
ba		baca			
ka			kakak		
sa				saya	
la					lama

七、語文練習

㈠ 寫出 (　　) 裡的印尼文。

1. Saya mau makan (　　　　　) dan (　　　　　).
   我要吃（蛇皮果）和（紅毛丹）。

2. Saya juga mau makan (　　　　　) dan (　　　　　).
   我也要吃（榴槤）和（石榴）。

3. Ibu mau (　　　　　) teh manis.
   媽媽想要（喝）甜茶。

4. Ini uangnya, Pak. (　　　　　).
   先生，這是費用，（謝謝）！

(二) 連連看

1.

・　　　　　・　　　　　・　　　　　・

・　　　　　・　　　　　・　　　　　・

durian　　　langsat　　　sawo　　　rambutan

2.

・　　　　　・　　　　　・　　　　　・

・　　　　　・　　　　　・　　　　　・

adik　　　kakek　　　kakak　　　nenek

(三) 算一算，用印尼語寫出答案。

2 + 5 =		6 + 4 =	
9 − 1 =		5 + 4 =	
1 + 3 =		7 − 1 =	
8 − 3 =		4 − 4 =	

㈣ 寫寫看、念念看

ibu			uang		
makan			minum		
beli			jual		
salak			rambutan		
terima kasih			maaf		
satu			enam		
dua			tujuh		
tiga			delapan		
empat			sembilan		
lima			sepuluh		

㈤ 句型練習

句型一：mau makan（要吃）

Saya		salak.
	mau makan	

句型二：juga mau makan（也要吃…）

Kakek	juga mau makan	pepaya.

句型三：...... mau......, juga mau......（要……也要……）

Paman		kopi,		teh manis.
	mau minum		juga mau minum	

Ibu	mau beli	manggis	juga mau beli	jeruk.

Sulawesi Selatan 南蘇拉威西

　　遠古時期，在南蘇拉威西地區有個國王，他最疼愛么女 Ananda 公主。但想到要把她獻給巨鷹，皇室才能平安，他就很痛苦。

　　於是想出舉行一場征服巨鷹的競賽，用「這樣的勇士，才配擁有美麗的公主」的說法，希望藉此拯救么女。公告一出，百姓瘋狂的練劍術，希望變成那位幸運兒，娶回美麗的公主。

　　巨鷹到來的那天，公主孤單的坐在 baruga 之上，選手們準備用手中的各種武器如長矛，繩索和帶刺的竹子，來和巨鷹搏鬥。有一個流浪漢路過該地，也加入獵鷹的行列。他安慰發抖的公主，告訴她，一定可以解除危機，讓她平安的回家。

　　突然像颶風一樣，從遠處飛來一隻拍打著翅膀的大鳥。流浪漢拿起長繩，拋向巨鷹，巨鷹被綁住了，但牠用力鼓動翅膀，掙脫了繩索，流浪漢再拋出魔術手，終於一舉把巨鷹抓住，並殺死了巨鷹。

　　流浪漢想繼續他的旅程，於是向公主道別。為了感謝他，公主將圍巾當禮物送給了年輕人。公主回到王宮，向國王回報：「我不認識救我的人，而且從沒見過，應該是外地

人。」

　　國王舉辦慶祝女兒的重生聚會，並舉辦足球比賽，大家爭先恐後地參加盛大的賽事。球場中，有個年輕人用大腿和頭，敏捷的踢球，胳臂上綁著一條飄揚的圍巾，公主興奮地說：「殺死巨鷹，救我的人就是他！就是他！」

　　最後，公主與這位年輕的征服者結婚了，兩人在宮殿裡過著幸福的生活。

Masakan Padang 巴東美食

　　巴東菜是印尼地方特色菜餚，觀光客到印尼旅遊，此為必走的景點和必嘗的佳餚。巴東菜以辛辣出名，加入大量椰奶、咖哩和辣椒、黃薑、香茅、南薑、紅蔥、大蒜等材料，長時間的和肉類燉煮而成。而食堂外觀屋頂如水牛角般的兩端高高翹起，是米南卡堡文化的建築特色。

　　其中以巴東牛肉最出名，是 CNN 美國電視網路票選全球美食排行榜的冠軍，就知道有多受全球人士喜愛。到印尼旅遊，體驗用右手抓白飯，沾著勁辣的牛肉湯汁吃，就迷倒全球的饕客。

　　記得下次有機會一遊印尼時，別忘了去體驗這頗具印尼地方特色的餐飲。

Gula Merah 棕櫚糖

　　在廣袤的東南亞土地上，種著很多棕櫚科樹木，一棵棕櫚樹要 15-20 年才能採汁製糖，再加上棕櫚樹樹體光滑，很難攀爬，甚至要搭起很高的竹架子來採集，採糖過程既辛苦又危險。

　　從公棕櫚樹的花蕊中採集出來的汁液，過濾後熬煮，需用純手工來採集熬煮，所以無法商業化大量生產，這種天然的棕櫚樹糖，也叫「棕櫚糖」，它沒有添加任何物質，屬於原糖，有濃郁的植物芳香，可替代蔗糖使用。在印尼，家家戶戶的甜點幾乎都用棕櫚糖來製作。

提問

1. 說說看巴東菜 Masakan Padang 遠近馳名的原因。
2. 有機會到印尼旅遊，嘗一嘗棕櫚糖的滋味，再和同學分享。

衣著篇
Pakaian

🎧Iwan　：Linda mau memakai pakaian apa ke pesta pernikahan tante?

亦萬　：琳達，妳要穿什麼衣服參加阿姨的婚禮？

Linda：Saya memakai kebaya merah, kalau kamu?

琳達　：我要穿紅色可巴亞，你呢？

Iwan ：Saya memakai kemeja batik biru dan memadukannya dengan celana panjang hitam.

亦萬 ：我穿藍色蠟染襯衫搭配黑色長褲。

Linda：Kamu memadukannya sangat baik, bagus sekali!

琳達 ：你搭配得很好，很棒喔！

pakaian / baju
衣服

celana
褲子

hitam
黑

memakai 穿、戴　memadukan dengan 搭配

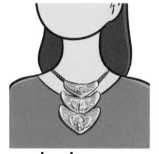

kalung
項鍊

anting
耳環

ikat pinggang
腰帶

sepatu
鞋子

topi
帽子

kaus kaki
襪子

tas
包包

panjang 長
pendek 短

besar 大
kecil 小

kiri 左
kanan 右

baru 新
lama 舊

kebaya
可巴亞

gaun
洋裝

jaket
外套

kemeja
襯衫

batik
蠟染

rok
裙子

celana pendek
短褲

celana panjang
長褲

cokelat 咖啡	kuning 黃	hijau 綠	putih 白	jingga / oranye 橘

merah 紅	biru 藍	merah muda 粉紅	ungu 紫	abu-abu 灰

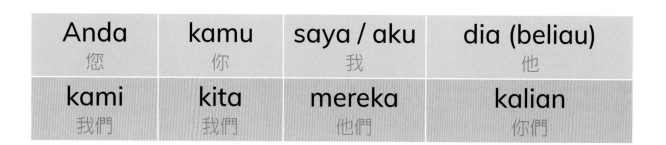

Anda 您	kamu 你	saya / aku 我	dia (beliau) 他
kami 我們	kita 我們	mereka 他們	kalian 你們

pesta pernikahan
婚禮

hari Ibu 母親節
hari Kartini 卡蒂妮節

memakai	穿
memakai kebaya	穿可巴亞
memakai kebaya merah	穿紅色可巴亞
Ani memakai kebaya merah.	安妮穿紅色可巴亞。
memadukan dengan	搭配
memadukan dengan celana panjang	搭配長褲
memadukannya dengan celana panjang hitam	搭配黑色長褲
memakai kemeja batik dan memadukannya dengan celana panjang hitam	穿蠟染襯衫搭配黑色長褲
Ayah memakai kemeja batik dan memadukannya dengan celana panjang hitam.	爸爸穿蠟染襯衫搭配黑色長褲。

Ayah memakai kemeja batik biru.	爸爸穿藍色蠟染襯衫。
Paman memakai kemeja kuning.	舅舅穿黃色襯衫。
Kakek memakai jaket abu-abu.	外公穿灰色外套。
Kakek memakai kemeja batik biru memadukannya dengan celana panjang hitam.	爺爺穿藍色蠟染襯衫搭配黑色長褲。
Tante memakai gaun merah dan memadukannya dengan kalung putih.	阿姨穿紅色洋裝搭配白色項鍊。
1. Kamu mau memakai pakaian apa ke pesta pernikahan?	你要穿什麼衣服參加婚禮？
Saya mau memakai gaun merah muda ke pesta pernikahan.	我要穿粉紅色洋裝參加婚禮。
2. Adik mau memakai kaus kaki apa ke sekolah?	弟弟要穿什麼襪子上學？
Dia mau memakai kaus kaki putih ke sekolah.	他要穿白色的襪子上學。

六、語文活動：拼音練習

(一) 認識字母的大、小寫

大寫	小寫	字母詞彙	
F	f	kapal feri	foto
G	g	gaun	kalung
H	h	hitam	hijau
I	i	kita	biru
J	j	jaket	kemeja
K	k	batik	kebaya

(二) 拼音練習

拼音	ce	ke	me	se
e	celana	kebaya	merah	sepatu
	ce-la-na	ke-ba-ya	me-rah	se-pa-tu
	c-e-l-a-n-a	k-e-b-a-y-a	m-e-r-a-h	s-e-p-a-t-u

(三) 寫寫看

大 寫 Huruf Besar			小 寫 Huruf Kecil		
F			f		
G			g		
H			h		
I			i		
J			j		
K			k		

㈣ 練習發音拼拼看

	nak	patu	sa	li	rah
e	enak				
se		sepatu			
de			desa		
be				beli	
me					merah

七、語文練習

㈠ 寫出 ( ) 裡的印尼文。

1. Saya( ) ( )batik biru dan memadukan
   dengan celana panjang ( ).
   我（穿）藍色蠟染（襯衫）搭配（黑色）褲子。

2. ( ) ( )sangat baik.
   （你）（搭配）得很好。

3. Linda mau memakai pakaian apa ke ( )
   ( )?
   琳達，妳要穿什麼去參加（阿姨）的（婚禮）？

(二) 連連看

1.

hitam merah muda kuning cokelat abu-abu

2.

kebaya celana panjang baju sepatu

3.

kemeja batik celana pendek sepatu cokelat kebaya merah
hijau   hitam

㈢ 寫寫看、念念看

memakai			apa		
pakaian			topi		
celana			gaun		
kuning			putih		
hitam			kebaya		
pendek			panjang		
kiri			kanan		
besar			kecil		
kaus kaki			jaket		
sepatu			kemeja		

㈣ 句型練習

句型一：memakai（穿）

Ani		kebaya	merah.
	memakai		

句型二：memadukan dengan（搭配）

Ayah		kemeja batik			celana panjang.
	memakai		dan	memadukan dengan	

㈤ 填上相反詞

panjang		kiri	
baru		besar	
hitam		depan	

Riau 廖内省

很久以前，白蔥的媽媽患重病去世了，她和父親悲傷萬分。幸好村子裡有個寡婦，帶著叫紅蔥的女兒，常陪他們聊天。父親希望白蔥能夠重獲母愛，就娶了紅蔥的母親。起初，紅蔥與她的母親對白蔥相當好。但是久了，她們趁父親不在家時責罵白蔥，給她繁重的家務。但孝順的白蔥從不訴苦，父親完全不知情。

一天，父親病倒去世了，從那時起，白蔥每天有做不完的工作，她認真的做，希望有一天繼母會愛她就像愛紅蔥一樣。

這天上午，到河邊洗衣服。一個不小心，繼母最喜歡的衣服被水沖走了。白蔥沿著河流往下游尋找，但遍尋不著。繼母大聲的指責她，「妳必須把衣服找回來！否則就不要回家。」白蔥只好出門去找。她看見牧牛人就問他：「叔叔，是否曾經看到紅色衣服漂過？」牧牛人說：「沿著河走，或許妳還來得及撿回來」。

但天漸漸黑了，白蔥越來越絕望。又怕又累的白蔥，看到一點光線，跑向房子敲門求救。看到老婆婆走出來，白蔥趕緊說我出來找尋媽媽的衣服，天黑了，請問我可以在這兒過夜嗎？

婆婆說：「衣服剛好卡在我家門口，只要你陪我一星期，我就把它還給你。」白蔥說：「我會陪您一個星期，只要婆婆不厭倦我就好」。

　　婆婆讚許她是個勤奮、孝順的孩子。除了奉還衣服，還拿兩顆南瓜，要她選一個當禮物！白蔥選擇了最小的南瓜。回家剖開南瓜時，裡面竟然藏有珠寶，她說明事情經過，紅蔥竟然說我也要去碰碰運氣。

　　就像白蔥一樣，紅蔥也被要求陪老婆婆住一個星期。由於紅蔥很慵懶，被交代的事都做不好。一個星期過了，老婆婆讓紅蔥離去。紅蔥卻向老婆婆要南瓜，老婆婆也請紅蔥從兩顆南瓜中選一個。紅蔥提了大南瓜，就掉頭離開了。

　　回到家，紅蔥立即剖開大南瓜，但是，裡面沒有黃金珠寶，卻跑出蠍子、蛇，往紅蔥和她的母親攻擊。白蔥回家後取回她的財寶，過著平靜的日子。

文化園地

蠟染布 Batik —— 印尼的驕傲

　　Batik 是印尼傳統的蠟染服飾，是一千多年前老祖先傳承下來的技藝，需用火加熱把蠟融化，再由匠師在布料上一點一點的畫出圖案。以蠟點染在布上的技藝，獲得國際教科文組織認可，將它列為世界文化遺產。

　　於是訂 10 月 2 日為國家的 batik 日，鼓勵全國人民在每個星期五的「國服日」，都穿 batik，用此行動展現國家的驕傲。在國家、政府公務機關或學校的重要慶典儀式，人們都穿上 batik。

　　連各級學校，每個星期，也在制服外，自行擇訂一天為國服日，全校師生一律穿著 batik。

Batik 國服 —— 圖騰背後的意義

　　一個民族的穿著往往能最直觀的表現出該民族的特色，也最能表達其最深層的文化背景，印尼人的服飾 batik 亦是如此。

　　因而有人說：蠟染藝術在印尼是統一對外國凝聚力的表現，印尼人也用印尼蠟染 Batik 做為對國家認同的主要表現，並樂於分享蠟染藝術，以此表現身為印尼人對傳統藝術的重視與國族的向心力。

提問

1. 印尼人不分男女都穿 batik 參加婚禮、宴會、慶典等活動，所代表的涵義什麼？
2. 說說看，為什麼印尼政府會訂每個星期五為公部門的 batik 服裝日？

居住篇
Tempat Tinggal

🎧 Siti ：Rini tinggal di mana?

西蒂 ：李妮，你住哪裡？

Rini ：Saya tinggal di desa, udara sangat segar.
Kamu tinggal di mana?

李妮 ：我住在鄉下，空氣很好。那你呢？

Siti ：Saya tinggal di rumah tante, apartemen di
Jakarta.

西蒂 ：我住阿姨家，在雅加達的大廈。

Rini ： Di dalam ada fasilitas apa?

李妮 ： 裡面有什麼設施呢？

Siti ： Apartemennya sangat modern, ada elevator, kolam renang, pusat kebugaran, minimarket, dan lain-lain.

西蒂 ： 大廈很現代化，有電梯、游泳池、健身房、超商等設施。

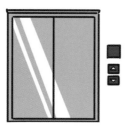

elevator
電梯

rumah
房子

tante
阿姨

tinggal 住 **ada** 有

desa
鄉下

kota
都市

ruang tamu
客廳

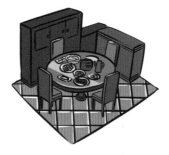

ruang makan
餐廳

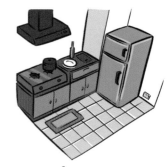

dapur
廚房

kamar tidur
臥室

kamar mandi
浴室

toilet
廁所

sekolah
學校

rumah sakit
醫院

kantor pos
郵局

taman
公園

taman bunga
花園

bioskop
電影院

mal
百貨公司

kantor polisi
警察局

pasar
市場

rumah panggung
高腳屋

apartemen
大廈

rumah susun
公寓

desa
村子

pusat kebugaran
健身房

pasar
市場

salon
理髮廳

kolam renang
游泳池

bioskop
電影院

warung
雜貨店

perpustakaan
圖書館

rumah makan
餐館

supermarket
超級市場

minimarket
便利商店

televisi
電視

komputer
電腦

panci listrik
電鍋

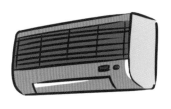

pendingin udara (AC)
冷氣

kipas angin
電風扇

mesin cuci
洗衣機

kulkas
冰箱

kompor gas
瓦斯爐

tinggal	住
tinggal di	住在
tinggal di desa	住在鄉下
Saya tinggal di desa.	我住在鄉下。

ada	有
ada apa	有什麼
ada fasilitas apa?	有什麼設施？
Di dalam apartemen ada fasilitas apa?	大廈裡有什麼設施？

modern	現代化
sangat modern	很現代化
Apartemennya sangat modern.	大廈很現代化。
Rumah dia sangat modern, ada elevator, kolam renang, ruang makan dan lain-lain.	她的家很現代化，有電梯、游泳池、餐廳等設施。

Kamu tinggal di mana?	你住在哪裡？
Saya tinggal di kota.	我住在都市裡。
Tante tinggal di mana?	阿姨住在哪裡？
Tante tinggal di apartemen.	阿姨住在大廈裡。
Di apartemen ada fasilitas apa?	大廈裡有什麼設施？
Di apartemen ada pusat kebugaran, kolam renang dan lift.	大廈裡有健身房、游泳池和電梯。
Di dapur ada fasilitas apa?	廚房裡有什麼設施？
Di dapur ada kulkas, panci listrik dan kompor gas.	廚房裡有冰箱、電鍋和瓦斯爐。
Di desa ada fasilitas apa?	村子裡有什麼設施？
Di desa ada sekolah dan warung.	村子裡有學校和雜貨店。

六、語文活動：拼音練習

(一) 認識字母的大、小寫

大寫	小寫	字母詞彙	
L	l	mal	sekolah
M	m	rumah	kamar mandi
N	n	tinggal	tante
O	o	kota	sekolah
P	p	bioskop	pasar

(二) 拼音練習

拼音	ki	bi	ting	li
	kipas	bioskop	tinggal	melihat
i	ki-pas	bi-os-kop	ting-gal	me-li-hat
	k-i-p-a-s	b-i-o-s-k-o-p	t-i-n-g-g-a-l	m-e-l-i-h-a-t

(三) 寫寫看

大寫 Huruf Besar			小寫 Huruf Kecil		
L			l		
M			m		
N			n		
O			o		
P			p		

㈣ 練習發音拼拼看

	ni	ta	ga	ma	gi
i	ini				
ki		kita			
ti			tiga		
li				lima	
gi					gigi

七、語文練習

㈠ 選出正確的答案

1. Saya tinggal di desa.

　（　　）我住在（①高腳屋、②大廈、③鄉下、④城市）。

2. Rumahku ada dua lantai.

　（　　）我家有（① 2 層樓、②浴室、③ 3 層樓、④廚房）。

3. Rumah tante sangat modern.

　（　　）阿姨家很（①豪華、②漂亮、③普通、④現代化）。

4. Saya tinggal di desa, udara sangat segar.

　（　　）我住在（①城市、②山上、③大廈、④鄉下），空氣好。

(二) 連連看

1.

rumah panggung　　kolam renang　　minimarket　　pusat kebugaran

2.

kulkas　　kipas angin　　kota　　panci listrik　　desa

tinggal			elevator		
apartemen			rumah		
kolam renang			pasar		
rumah panggung			minimarket		
kamar tidur			dapur		
kipas angin			kamar mandi		
mesin cuci			panci listrik		
warung			kulkas		
ruang tamu			ruang makan		
kota			desa		

㈣ 句型練習

1. 照樣寫寫看

tinggal di（住在）

Saya		desa.
	tinggal di	

2. 回答問題

⑴ Kamu tinggal di mana?

你住在哪裡？

Saya (　　　　　) di (　　　　　).

我（住）在（城市）裡。

⑵ Tante tinggal di mana?

阿姨住在哪裡？

Tante tinggal di (　　　　　).

阿姨住在（公寓）。

⑶ Di dalam apartemen ada fasilitas apa?

大廈裡有什麼設施？

Di apartemen ada (　　　　　), pusat kebugaran, dan (　　　　　).

大廈裡有（游泳池）、健身房和（便利商店）。

⑷ Di desa ada fasilitas apa?

村子裡有什麼設施？

Di desa ada (　　　　　) dan (　　　　　).

村子裡有（學校）和（雜貨店）。

⑸ Di ruang tamu ada fasilitas apa?

客廳裡有什麼設施？

Di ruang tamu ada (　　　　　), komputer dan (　　　　　).

客廳裡有（冰箱）、電腦和（電風扇）。

Kalimantan Barat 西加里曼丹

從前在西加里曼丹的偏遠山上，住著一位貧窮的寡婦和她的女兒。這個擁有一頭秀髮和曼妙身材的女兒，每天無所事事，只是天天爲自己梳妝打扮，還有著壞脾氣，對母親隨意指使。

一天，母女兩人要到城裡購物，女兒盛裝打扮，母親卻穿著邋遢，還挽著提籃跟在後面。城裡沒有人知道她們是母女。村民看到女孩的美麗，又看到身後的婦人，好奇的問女孩「她是你媽媽嗎？」，漂亮女孩驕傲的回答，「不！她是我的女僕！」。

一路上往前行，每當遇到有人讚美她，再問後面的婦人是否爲她的媽媽時，她總是傲慢的回答，「不！她是我的女僕！」。

起初，母親仍然可以裝著聽而不見。但是一再聽到「不！她是我的女僕！」這樣相同的答案後，忍不住大聲說著：「天哪！我不能再忍受這種侮辱了。我的女兒怎麼可以如此對待我。上帝應該懲罰這個無法無天的孩子！請上帝把她變成石頭吧！」在母親的懇求下，上帝答應了，漂亮的女兒從腳開始變硬，直到上半身也僵硬了，她害怕的祈求母親的原諒。

但是一切都爲時已晚，女孩的整個身體終於變成石頭。即使變成石頭，也可以看到她的眼睛仍然流著淚，就像在哭泣一樣。因此，西加里曼丹的這塊石頭被稱爲「哭泣的石頭」。

文化園地

Mbaru Niang 傳統房屋

印尼傳統建築「高腳屋」因應各地的地形，氣候等因素而建造的，充分表現當地人的智慧，高腳屋防潮汐淹水、防爬蟲類入侵，下面空間可以養雞、鴨或放置農事工具，保障家人的生命和財產的安全。

印尼民居具代表性的建築，是位於 Flores 島的 Wae Rebo 村，在海拔 1100 公尺的山上，長年雲霧籠罩，被暱稱為 Kampung，共有 7 棟 Mbaru Niang，在 18 世紀時就存在了，因為它的美麗和獨特性，被列為世界建築文化遺產。它不同於其他的高腳屋，從外觀看，是一層樓有圓錐形屋頂的傳統高腳屋，但裡面是各有不同用途的五層樓，用木材和竹子搭建，屋子沒有使用釘子，而是用藤條繩索，牢固的捆綁支撐著建築物，屋頂則用棕櫚纖維覆蓋，是一個人與自然和諧共處的建築物。

Rumah Teletubbies 天線房子

「Teletubbies 房屋」是 2006 年的日惹大地震中，為受害者建造的半圓形房屋。其形狀像極了電視上動畫影片中的房屋，所以稱為「Teletubbies 房屋」，又稱它為「天線寶寶之屋」。

房子直徑 7 公尺，高 4.6 公尺。房子的外型設計成各種顏色的圓頂狀，可抵抗地震的衝擊，看起來像個假人或半圓圈帳篷，也稱為「假人房屋」。

社區內也有清真寺、診所、市場、禮堂和兒童遊樂場所等設施。自成立以來，房屋因擁有天線寶寶的獨特可愛造型，很受遊客青睞，後來也當為旅遊村使用，常有國內外旅客造訪。

提問

為什麼東南亞國家，住高腳屋的人很多？它的好處有哪些？

交通篇
Transportasi

🎧Linda：Kakak, kita mau naik transportasi apa ke
　　　　rumah nenek?

琳達　　：哥哥，我們要搭什麼交通工具到外婆家？

Aziz ： Kita naik kereta api pukul 8.00, kemudian naik bus pukul 10.30.

阿茲 ： 我們先搭早上八點的火車，再轉十點半的公共汽車。

Linda ： Jika lancar, sore juga bisa pergi naik sepeda.

琳達 ： 如果順利的話，下午還可以去騎腳踏車。

Aziz ： Juga bisa meminta paman naik sepeda motor untuk membawa saya melihat pemandangan.

阿茲 ： 也可以請舅舅騎摩托車帶我去兜風。

Linda ： Pulang ke rumah nenek sangat menyenangkan!

琳達 ： 回外婆家真好！

kereta api
火車

naik
坐 / 搭乘

sopir
駕駛

jalan kaki
走路

pagi
早上

siang
中午

sore
下午

malam
晚上

三、補充詞彙 🎧

MRT
捷運

bus
公共汽車

mobil
汽車

sepeda motor
摩托車

**pesawat terbang/
kapal terbang**
飛機

kapal feri
渡輪

sepeda
腳踏車

becak
人力三輪車

waktu	pukul / jam
時間	小時

**kakak sepupu
laki-laki**
表哥／堂哥

**kakak sepupu
perempuan**
表姐／堂姐

**adik sepupu
laki-laki**
表弟／堂弟

**adik sepupu
perempuan**
表妹／堂妹

naik	搭
naik kereta api	搭火車
kita naik kereta api	我們搭火車
Kita naik kereta api pukul 8.00.	我們搭早上八點的火車。
kalau	如果
kalau lancar	如果順利的話
Kalau lancar, masih bisa naik sepeda.	如果順利的話，還可以去騎腳踏車。
naik	騎
naik sepeda motor	騎摩托車
naik sepeda motor membawa saya melihat pemandangan	騎摩托車帶我去兜風
Paman naik sepeda motor membawa saya melihat pemandangan.	舅舅騎摩托車帶我去兜風。

Kita naik transportasi apa ke rumah nenek?	我們要搭什麼交通工具到外婆家？
Kita naik kereta api ke rumah nenek.	我們搭乘火車到外婆家。
Kalau lancar, sore juga bisa pergi naik sepeda.	如果順利的話，下午還可以去騎腳踏車。
Kalau lancar, masih bisa naik becak.	如果順利的話，還可以去乘坐人力三輪車。
Paman naik sepeda motor melihat pemandangan.	舅舅騎摩托車去兜風。
Kakak naik sepeda motor ke sekolah.	哥哥騎摩托車去上學。
Pulang ke rumah nenek sangat menyenangkan!	回外婆家真好！
Naik sepeda motor melihat pemandangan sangat menyenangkan!	騎摩托車去兜風真好！

六、語文活動：拼音練習

(一) 認識字母的大、小寫

大寫	小寫	字母詞彙	
Q	q	quran	qariah
R	r	motor	sore
S	s	desa	sekolah
T	t	kereta	taman
U	u	rumah	harum

(二) 拼音練習

拼音	bo	do	ko	to
o	bola	donat	kota	topi
	bo-la	do-nat	ko-ta	to-pi
	b-o-l-a	d-o-n-a-t	k-o-t-a	t-o-p-i

(三) 寫寫看

大寫 Huruf Besar			小寫 Huruf Kecil		
Q			q		
R			r		
S			s		
T			t		
U			u		

㈣ 練習發音拼拼看

	bat	pi	bot	ta	ba
o	obat				
ko		kopi			
ro			robot		
ko				kota	
co					coba

七、語文練習

㈠ 選出正確的答案

(　　) 1. Kita (　　　　　) transportasi apa ke rumah nenek?

　　① naik　② menunggang　③ sopir　④ jalan kaki

　　我們要（搭）什麼交通工具到外婆家？

(　　) 2. (　　　　　) masih bisa pergi naik sepeda.

　　① Siang　② Hari ini　③ Sore　④ Besok

　　（下午）還可以去騎腳踏車。

(　　) 3. Paman naik (　　　　　) untuk membawa saya melihat pemandangan.

　　① becak　② sepeda motor　③ sepeda

　　④ kapal feri

　　舅舅騎（摩托車）帶我去兜風。

(二) 連連看

1.

bus   sepeda   kapal feri   kapal terbang   kereta api

2.

sopir   naik

naik			kereta api		
transportasi			mobil		
cepat			kapal terbang		
sepeda motor			sepeda		
kapal feri			becak		
malam			siang		
depan			belakang		
sore			pagi		
waktu			jalan kaki		
menunggang			sopir		

㈣ 句型練習

1. 照樣寫寫看

(1) naik（騎／搭）

Kakak		sepeda motor		sekolah.
	naik	sepeda	ke	
		mobil		

(2) sangat（很）

Pulang ke rumah nenek		menyenangkan!
	sangat	

(3) Sekarang pukul berapa?（現在幾點鐘？）

Sekarang ( ) (pagi).	現在是（早上）（7點）。
Sekarang ( ) (pagi).	現在是（早上）（10點半）。
Sekarang (pukul 12.30) ( ).	現在是（中午）（12點半）。
Sekarang (pukul 5.50) ( ).	現在是（下午）（5點50分）。
Sekarang ( ) ( ).	現在是（晚上）（9點15分）。

故事篇　Timun Mas 金黃瓜

Jawa Tengah 中爪哇

在中爪哇的一個村莊裡，名叫 Mbok Srini 的寡婦，終年孤獨無依，渴望有個孩子陪伴，所以不停地祈求上帝送她一個孩子。住在森林中的巨人，知道她的心願，送給她一顆黃瓜種子，要她好好種植照顧，但也有所要求，說「17 年後，孩子必須交回」。

Mbok Srini 答應了，高興的種下種子。兩個月後，黃瓜開花結果，結出一顆超大的金色黃瓜，她費盡九牛二虎之力，把黃瓜扛回家。劈開後，出現一個漂亮的女嬰，取名為 Timun Mas —金黃瓜。

想到金黃瓜 17 歲即將到來，卻要變成巨人的食物，Mbok Srini 心中憂慮不安。媽媽決定去找隱士幫忙，隱士給她四個小包裹，分別有黃瓜種子、針、鹽和蝦醬，要她讓金黃瓜把四種物品帶在身上，在走投無路時，可以適時的幫忙。

當巨人來時，媽媽絆住巨人，讓金黃瓜從後門逃跑，巨人等了好久，卻不見金黃瓜出來，開始追人。

金黃瓜跑累了，而巨人越追越近。她灑下母親給的黃瓜種子。周圍的森林突然變成了一片黃瓜田，暫時絆住了巨人。沒多久，金黃瓜又被巨人追趕到疲累不堪，立即扔出了裝有針頭的小包。瞬間，針頭變成了高大帶刺的竹林。即使

巨人的腳被穿刺流血，他還是通過了竹林，並繼續追捕。

金黃瓜無奈的打開了裝滿鹽的小包，將它扔了出去，森林竟然變成大海，但是巨人仍輕鬆地穿越了它。金黃瓜只好丟出最後一項武器—蝦醬。在那瞬間，沸騰的泥海出現。巨人掉進了泥海中被吞噬了。

金黃瓜和媽媽通過生活中的所有障礙和考驗，雖說關關難過，卻也關關過，沒有了巨人的威脅，母女兩人又歡歡喜喜地一起過日子了。

從車陣中產生的行業

印尼人口多，首都雅加達的塞車舉世聞名。在長長車陣塞車之苦當下，就衍生了各式各樣替代的交通行業。

機動摩托車 Ojek

在大車動彈不得的時候，只有摩托車，可以鑽著縫隙，快速前進，因此在樹下或路旁空地上，總會看到聚集著等待顧客上門的摩托車。乘客和司機講好到達地點、車資，就可以戴上安全帽，坐摩托車上路。

三輪摩托車 Bajaj

這是因應印尼炎熱多雨的氣候，和常常塞車所衍生的另一種特色摩托車，它由三輪摩托車改裝而成，車頂有篷蓋可以遮陽避風雨，駕駛坐在前面，後座可搭乘兩人和裝載貨物，價格也因搭載的人數和物品的多寡和到目的地的距離而定。

快遞送貨員 Kurir

臺灣外送餐點服務，正蓬勃發展，而此行業的始祖，源自印尼。因為印尼塞車嚴重，人們能不出門購物就不出門，改用叫餐、叫貨方式，解決生活日常所需，因此快速送貨、送餐行業孕育而出，據統計，印尼全國大約有20萬以上的人口從事此行業。

公車上的藝人 Pengamen

塞在車陣中，人們心情沉重低落，因此在長途的客運業，車上興起一陣歡唱的樂音，藝人或樂團上車與君同樂，乘客可以點歌，也可以一起歡唱。聽完後要記得打賞，跟臺灣的街頭藝人有異曲同工之妙，只是表演的地點不同而已。

提問

你如何解除塞車之苦，說說自己的經驗談或解決之道。

育樂篇
Hiburan

🎧Iwan ： Linda, bolehkah saya mengundangmu datang ke pesta ulang tahun ku?

亦萬 ：琳達，可以邀請你來參加我的生日聚會嗎？

Linda ： Kapan?

琳達 ：什麼時候呢？

Iwan ：Hari Sabtu malam.

亦萬 ：星期六晚上。

Linda ：Hari Sabtu saya mau ikut lomba,
bagaimana kalau hari Minggu saja?

琳達 ：星期六我要去參加比賽，星期日如何？

Iwan ：OK, siang kita bertemu di taman.

亦萬 ：可以，我們中午在公園碰面。

hari Sabtu 星期六　ikut 參加　lomba 比賽

mengundang 邀請　bertemu 碰面

hari Senin
星期一

hari Selasa
星期二

hari Rabu
星期三

hari Kamis
星期四

hari Jumat
星期五

hari Minggu
星期日

pesta ulang tahun
生日聚會

makan malam
晚宴

baiklah / bisa 可以　bagaimana 如何

kemarin 昨天	hari ini 今天	besok 明天
lusa 後天		kapan 什麼時候

sepak bola
足球

sepak takraw
藤球

bola tenis
網球

bulu tangkis
羽毛球

memancing
釣魚

renang
游泳

mendengar musik
聽音樂

mendaki gunung
爬山

menonton bioskop
看電影

makan malam
晚宴

perpustakaan
圖書館

bioskop
電影院

mal
百貨公司

museum
博物館

supermarket
超級市場

四、語文活動：句子加長 🎧

mengundang	邀請
mengundang kamu	邀請你
mengundang kamu ikut	邀請你參加
mengundang kamu ikut makan malam	邀請你參加晚宴
Saya mau mengundang kamu ikut makan malam.	我想邀請你參加晚宴。
ikut	參加
ikut lomba	參加比賽
Saya mau ikut lomba.	我要參加比賽。
Hari Sabtu saya mau ikut lomba.	星期六我要參加比賽。
di	在
di taman	在公園
bertemu di taman	在公園碰面
Kita bertemu di taman.	我們在公園碰面。
Siang kita bertemu di taman.	我們中午在公園碰面。

Saya mau mengundang kamu ikut makan malam.	我想邀請你參加晚宴。
Kakak mau mengundang teman sekolah ikut lomba.	姐姐想邀請同學參加比賽。
Siang kita bertemu di taman.	我們中午在公園碰面。
Hari Minggu kita bertemu di perpustakaan.	我們星期日在圖書館碰面。
Hari Jumat semua bertemu di taman.	大家星期五在公園碰面。
Besok saya dan ibu mau menonton bioskop.	我和媽媽明天要去看電影。
Hari ini ayah dan ibu akan pergi menghadiri pesta pernikahan.	爸爸和媽媽今天要去參加婚宴。

六、語文活動：拼音練習

(一) 認識字母的大、小寫

大寫	小寫	字母詞彙	
V	v	voli	vaksin
W	w	waktu	wanita
X	x	xilofon	xilografi
Y	y	yakin	yoga
Z	z	zat	zaitun

(二) 拼音練習

拼音	bu	mu	ru	tu
	bulu	musik	rumah	Sabtu
u	bu-lu	mu-sik	ru-mah	Sab-tu
	b-u-l-u	m-u-s-i-k	r-u-m-a-h	S-a-b-t-u

(三) 寫寫看

大寫 Huruf Besar			小寫 Huruf Kecil			
V			v			
W			w			
X			x			
Y			y			
Z			z			

(四) 練習發音拼拼看

	ang	la	rian	ku	ka
u	uang				
gu		gula			
du			durian		
bu				buku	
mu					muka

七、語文練習

(一) 選出正確的答案（說明：選項要用印尼文）

(　　　) 1. Linda, saya mengundang kamu ke (　　　　) saya.

（① pesta pernikahan　② pesta ulang tahun ③ lomba　④ pesta）

琳達，邀請妳來參加我的生日聚會。

(　　　) 2. Hari (　　　　) ini saya mau ikut lomba.

（① Selasa　② Sabtu　③ Rabu　④ Kamis）

星期六我要參加比賽。

(　　　) 3. (　　　　) kita bertemu di restoran.

（① kemarin　② siang　③ malam　④ hari ini）

我們中午在餐廳碰面。

（二）連連看

1.

·   ·   ·   ·

·   ·   ·   ·

sepak takraw   renang   memancing   hari Minggu

2.

·   ·   ·

·   ·   ·

perpustakaan   hari Selasa   hari Kamis

㈢ 寫寫看、念念看

hari Sabtu			hari Senin		
hari Kamis			hari Selasa		
hari Jumat			hari Minggu		
bertemu			hari Rabu		
lomba			ikut		
sepak takraw			mengundang		
sepak bola			bulu tangkis		
renang			mendaki gunung		
kemarin			hari ini		
menonton bioskop			mendengar musik		

㈣ 句型練習

1. 照樣寫寫看

句型一：mengundang（邀請）

Dia		kamu		berdoa.
	mau mengundang		ikut	

句型二：di（在）

Besok	kita			sekolah.
		bertemu	di	
	teman- teman			

句型三：......dan...... di......

	ibu	saya		
	Iwan	dan	Rini		di	
	adik	teman-teman		

2. 我會回答

Kita bertemu pukul berapa?（我們幾點見面？）

Kita bertemu (　　　　　) (　　　　　). 我們（晚上）（六點）見面。
Kita bertemu (　　　　　) (　　　　　). 我們（中午）（1 點半）見面。

Daerah Istimewa Yogyakarta 日惹特區

　　Roro Jonggrang 是印尼中爪哇的民間故事，講的是印尼世界文化遺產－ Prambanan 普羅巴南寺的由來。

　　古代，有兩個敵對王國，爭鬥不休，Pengging 王國的王子打敗了入侵的 Prambanan 王國，並殺死了他們的國王 Prabu Baka，但王子 Bandung Bondowoso 卻愛上了它的公主 Roro Jonggrang。

　　公主不想嫁給殺死父親的王子，於是提出兩個刁難的條件，要王子完成這兩個條件，才願下嫁。她提出的兩個條件是要在一個晚上的時間，建造兩口井和一千座寺廟。

　　公主以爲王子達不到要求，但王子靠著許多精靈的幫忙，很快地完成兩口井。接著趕工建造寺廟，建到第 999 座時，公主慌了，很怕王子如期完成這兩個條件，於是她想出了辦法，讓清晨提早來臨，於是她叫所有女僕人一起搗碎砂漿，公雞聽到砂漿聲音，以爲是清晨了，就開始「喔！喔！」的啼叫，精靈們聽到雞鳴聲就停工回去了。這時只差一座寺廟就可以完成了公主提出的兩個條件。

　　公主說：「你沒有完成這 1000 座寺廟，所以我無法嫁給你」，王子很憤怒，大聲地詛咒公主變成一座雕像。但是

看到 Roro Jonggrang 公主變成石像，王子又十分後悔，但也無能為力讓她再變回原來的公主了。

這千座寺廟位於普蘭巴南寺，有著 Roro Jonggrang 的雕像被稱為 Roro Jonggrang 寺，迄今，每年仍吸引世界各地的遊客到此一遊，欣賞這千年的印度教名剎呢！

Prambanan 是東南亞最大的印度教廟宇，歷史超過千年，西元 1991 年入選為世界文化遺產。

Bengawan Solo 印尼民謠─梭羅河畔

爪哇的傳統音樂格朗章 Keroncong 和外來的西式樂器結合，產生獨特風格的音樂形式，其中以西元 1940 年，格桑 Gesang 以梭羅河的潮汐，和撐船往來的過客商旅為背景，寫下動聽的民謠──美麗的梭羅河畔。

這首歌更在第二次世界大戰後，隨著戰俘回到母國而傳遍歐洲。還有一群日本老兵，為了紀念這這首在世界大戰中撫慰他們徬徨無奈的心靈，在梭羅公園內為格桑 Gesang 雕塑了一尊雕像，表達對他的追思和紀念。

印尼婦女的精神象徵─R. A. Kartini

卡蒂妮於西元 1902 年出生，讀書時接觸到女性主義，她開始為女性的自由和法律平等發聲，並公開反對一夫多妻制，希望擺脫傳統加諸於印尼女性身上的枷鎖。更呼籲女子也有就學的權利，積極籌辦女子學校，稱為 Sekolah Kartini（卡蒂妮學校），可惜 25 歲就英年早逝。她是印尼第一個為女性爭取地位和權益的婦女，獲得了社會各界的尊重。

印尼獨立之後，政府為了提倡男女平等和紀念她，就以她的生日（4 月 21 日）那天，訂為卡蒂妮節，是印尼女權的重要節日。

印尼婦女傳承了卡蒂妮的精神，不屈服於命運的安排，為家庭、社會與國家貢獻。近年來，眾多印尼女性到海外當移工，卡蒂妮堅毅不拔的形象，就成為她們的精神寄託。甚至有印尼移工在工作地舉辦卡蒂妮日的慶祝活動，結合傳統服飾走秀競賽、印尼文化展演等，在異鄉展現出不同風貌的女力；而臺北市、臺中市等眾多印尼移工聚集的城市，每年也會固定舉辦卡蒂妮日。

提問

想想看，印尼婦女節的意義是什麼？為什麼在臺灣的印尼女性移工，她們要熱烈慶祝，說說你的看法。

解答

七、語文練習

㈠ 填填看

1. Saya mau makan (salak) dan (rambutan).
   我要吃（蛇皮果）和（紅毛丹）。

2. Saya juga mau makan (durian) dan (delima).
   我也要吃（榴槤）和（石榴）。

3. Ibu mau (minum) teh manis.
   媽媽要（喝）甜茶。

4. Ini uangnya, Pak. (Terima kasih).
   先生，這是費用，（謝謝）！

㈡ 連連看

1.

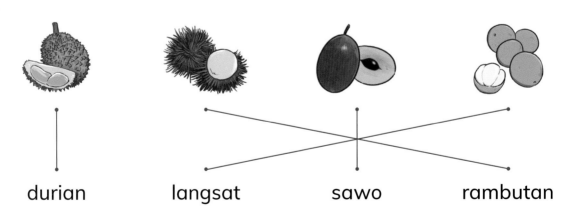

durian　　　　langsat　　　　sawo　　　　rambutan

2.

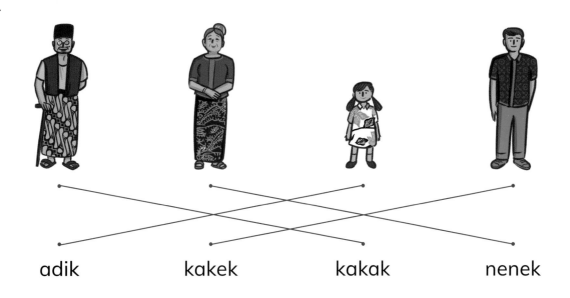

| adik | kakek | kakak | nenek |

(三) 算算看

2 + 5 =	(tujuh)	6 + 4 =	(sepuluh)
9 − 1 =	(delapan)	5 + 4 =	(sembilan)
1 + 3 =	(empat)	7 − 1 =	(enam)
8 − 3 =	(lima)	4 − 4 =	(nol)

第二　衣著篇 Pakaian

七、語文練習

(一) 填填看

1. Saya (memakai) (kemeja) batik biru dan memadukan nay dengan celana panjang (hitam).
   我（穿）藍色蠟染（襯衫）搭配（黑色）褲子。

2. (Kamu) (memadukannay) sangat baik.
   （你）（搭配）得很好。

3. Linda mau memakai pakaian apa ke (pesta pernikahan) (tante)?

　琳達，妳要穿什麼去參加（阿姨）的（婚禮）？

㈢ 連連看

1.

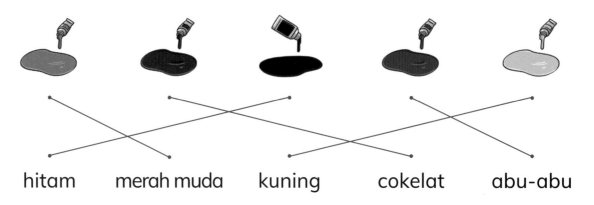

hitam　　merah muda　　kuning　　cokelat　　abu-abu

2.

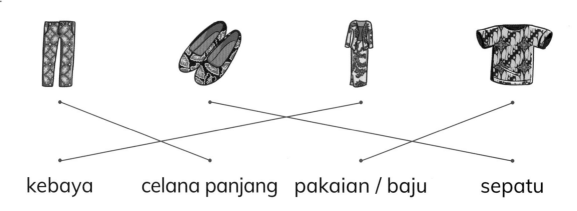

kebaya　　celana panjang　　pakaian / baju　　sepatu

3.

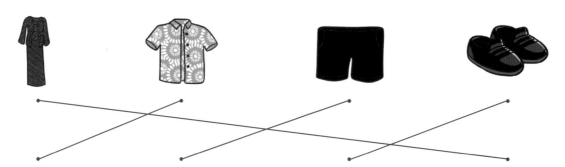

kemeja batik　　celana pendek　　sepatu cokelat　　kebaya merah
hijau　　　　　 hitam

七、語文練習

(一) 選出正確的答案

第一題　　；第二題　　；第三題　　；第四題
　　③　　　　　①　　　　　④　　　　　④

(二) 連連看

1.

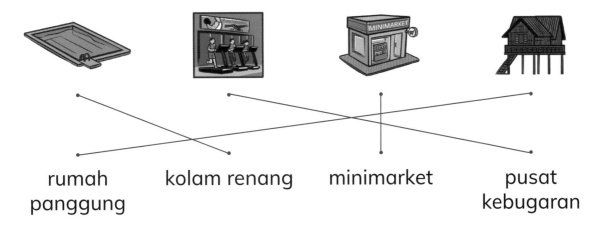

rumah panggung　　kolam renang　　minimarket　　pusat kebugaran

2.

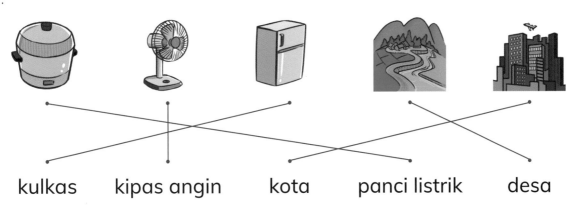

kulkas　　kipas angin　　kota　　panci listrik　　desa

七、語文練習

(一) 選出正確的答案

第一題　　；第二題　　；第三題

① 　　　　　③ 　　　　　②

(二) 連連看

1.

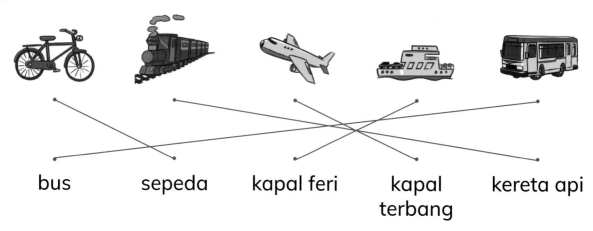

bus　　　　sepeda　　　kapal feri　　　kapal terbang　　　kereta api

2.

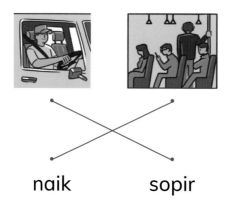

naik　　　　sopir

七、語文練習

㈠ 選出正確的答案

第一題　　；第二題　　；第三題
　②　　　　　　②　　　　　　②

㈡ 連連看

1.

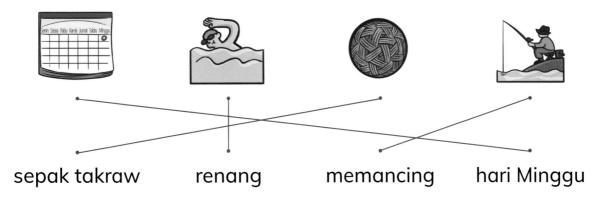

sepak takraw　　　renang　　　memancing　　　hari Minggu

2.

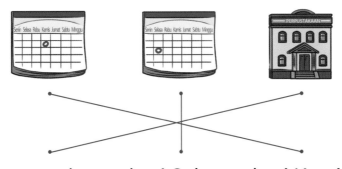

perpustakaan　hari Selasa　hari Kamis

Note

Note

國家圖書館出版品預行編目資料

陪你快樂學印尼語／曾秀珠，林綺琴，丁安妮，勞貴琳，林達編著. －－初版.－－
臺北市：五南圖書出版股份有限公司，2025.01
面；　公分
ISBN 978-626-317-474-0（平裝）

1.印尼語　2.讀本

803.9118　　　　　　　　　110021227

1XMF

陪你快樂學印尼語

主　　　編 — 曾秀珠

編 寫 者 — 林綺琴、丁安妮、勞貴琳、林達

審　　稿 — 郭翊珊

編輯主編 — 黃惠娟

責任編輯 — 魯曉玟

封面設計 — 姚孝慈

出 版 者 — 五南圖書出版股份有限公司

發 行 人 — 楊榮川

總 經 理 — 楊士清

總 編 輯 — 楊秀麗

地　　址：106臺北市大安區和平東路二段339號4樓

電　　話：(02)2705-5066　　傳　　真：(02)2706-6100

網　　址：https://www.wunan.com.tw

電子郵件：wunan@wunan.com.tw

劃撥帳號：01068953

戶　　名：五南圖書出版股份有限公司

法律顧問　林勝安律師

出版日期　2025年1月初版一刷

定　　價　新臺幣250元